十七歳ハダカの心

―今しか書けないコトバがある―

坂上紘陽

文芸社

十七歳　ハダカの心

——今しか書けないコトバがある——

胸につもったキモチがコトバになってあふれ出す
心の叫びで埋めつくされたノートのきれはし
今しか書けないコトバがある
十七歳　　ハダカの心

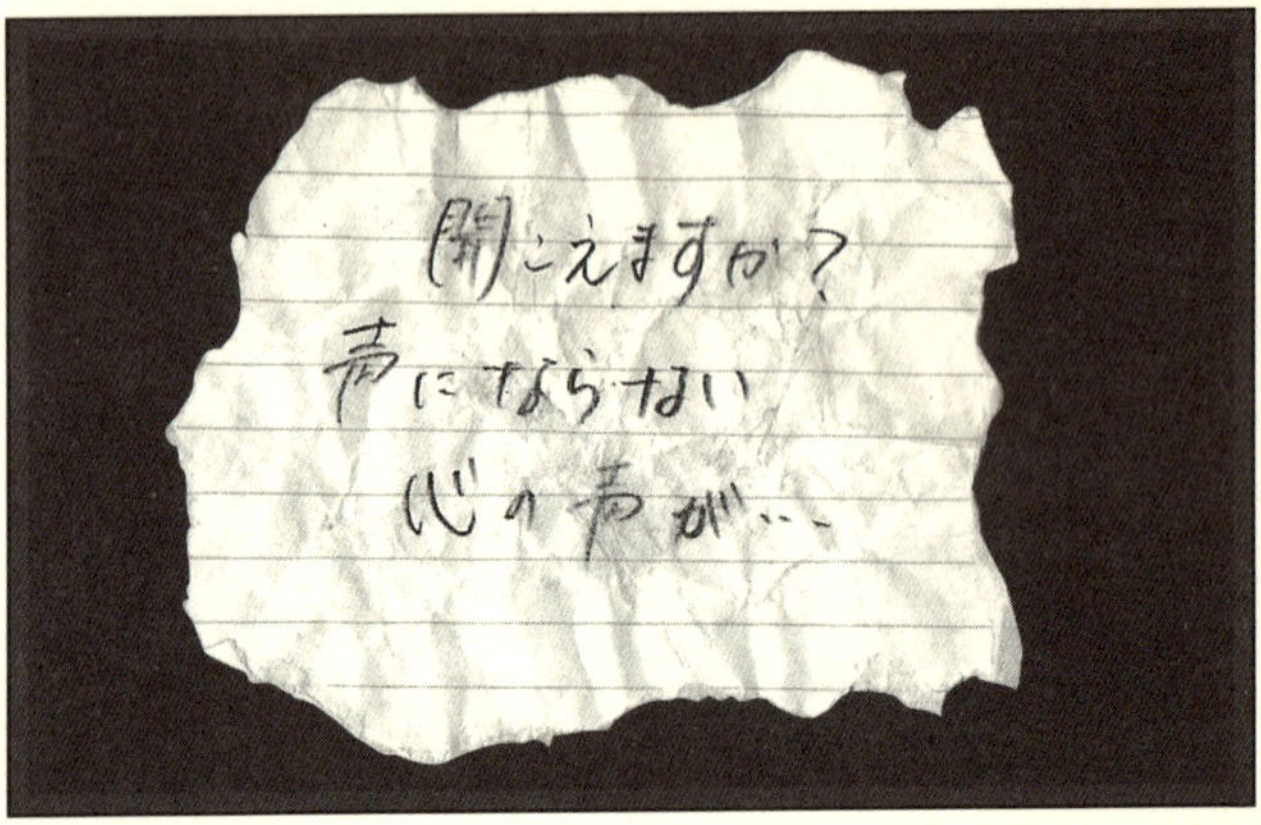
聞こえますか？
声にならない
心の声が…

授業中　いつも外を見ていた
何だか　心の内側がムズムズして
とらえどころのないキモチが
雨雲にのっかって
ナミダみたいに降ってくる
黒板に書かれてあることなんて
すごくちっぽけに見えたから
板書はやめて　あの頃　僕は
ノートに落書きばっかしてたんだ――

心をハダカにすれば
自分が何を言いたがってんのか
分かるような気がする
全部はき出してしまえばいい
胸の奥にひっかかってたもんを……

手さぐりの日々の中
ぼくたちは　春風を見つけようとする
季節はずれの春風を…

泥

いつの日か　人をねたむようになった
いつの日か　夢を語らなくなった
いつの日か　サンタクロースを信じなくなった
いつの日か　陰口を言うようになった
いつの日か　ウソの自分を演じていた
汚れていく自分に戸惑いながら
その泥を洗おうとするのは
なんでだろう?
どうして人は汚れてしまうんだろう?
汚れていくことがオトナになるための使命なら
ぼくは大人になんかなりたくない

もう「競争」なんてしたくない
数字だけで　何でも　決めるなんて
ぼくらはロボットじゃない!!

兵隊さん

右向け右といわれたら　おとなしく向いて
ぼくらは兵隊さん
少しのズレもなく整列して
ぼくらは兵隊さん
行進すれば　そこからはみ出す奴はいない
はみ出したら　追い出される？
ぼくらは兵隊さん
迷える兵隊さん

正しい事を植えつけられたボクらは
覚えろと言われた事しか覚えない
先生　知識をつめこむだけじゃなくて
勉強する意味を教えて下さい
それは見つからないかもしれないけど
ボクは「本当の答え」が知りたい

雑踏の中で

雑踏の中には
無表情で歩くロボットの様な人間達が
彼らの進む先には一体何がある
僕はそこに行こうとは思わない
人波に逆らっても
僕は自分の道を見つけよう
そこには　人に流されない
真の自分がいるはず

間違っているんですか？

テストの前日
勉強しないで
一体　僕は何やってんだろう
そう考えてるうちに夜が明ける
僕は間違っているんですか？
与えられたことをただ丸暗気して
日がたてばすっかり忘れて
また授業で　冷たい教科書と
からっぽのノートを使って
どうしようもなく眠たい…
何なの？
何がしたいの？
何すりゃいいの？
…僕は間違っているんですか？

他人にほめられるためじゃねえ
誰かのいいなりになるんじゃねえ
誰のせいにもせず
自分がどうしたいかを
自分の心で決める
それが「自由」だろ!?

脱出

急ぎ足の朝
路上の神経質なクラクション
退屈な授業
細かい校則
腐った大人達
からっぽの心
日常という壁をのり越えて
非日常という扉を開きたい

鳥かご

やること全てがムダに思えてきて
呼吸することさえ　めんどくさい
「学校」という名の鳥かごの中で
今日もあらゆるものが
上から押さえつけてくる
ボクらは今を飛ぶ鳥なのに
自由な鳥になりたいのに…

「成績」というものさしで
はかられることが
僕達の全てじゃない！
もっと　もっと
大切なことってあるよね

荒れた時代だと大人達が嘆き
その原因を若者に押しつける様に
会社帰りのせびろを着たエリートが
冷たい目でティーンネイジャーを見ていた
「そんなに若者ってワルイですか？」

学校仮面

学校って何か息苦しい
楽しいんだけど　みんなに合わせようとして
無理してる時がある
とても　居心地悪い時もある
先生　あなたは
何でそんなに偉いの?
僕はあなたの飼い犬じゃありません
ありきたりな事ばっか言って
何が言いたいんですか?
熱く語るほど勉強しなきゃいけないの?
頭悪いからって
そんなに人を見下していいの?
僕はバカだけど

決して　それだけじゃない！
学校って　もっと楽しい所じゃなかったっけ？
先生って　もっと笑ってなかったっけ？
あなたの前では仮面かぶってるけど
本当は　こんな事思ってるんです

「オトナ」へ

モノクロームな日々に
ささやかな刺激を
時代の箱船に揺られ
乗り遅れぬよう
必死にくらいつく
真実の音をききわけながら
「オトナ」へ…
心の自由が
希望のメロディーを奏でたのなら
未来と対話しよう

みえない手で
そんなに強く
つかまないで
みえない足で
そんなに強く
踏みつぶさないで
ぼくらを汚さないで…

テレビの中のえらいおっさん達は
みんな自分が正しいと言って
平気な顔で
自分がまちがっていることを
認めようとしない
でも僕は知っている
それはきっと
地位や名誉、金のためだって…

きれい事はもうききあきた
将来のためだってやってることは
ただぼくらを追いつめるだけ
未来はどんどん小さくなっていく
もうイヤだ！
でも　世の中はそれを認めない…
そんな世の中入りたくもない!!

ナイフ

何も変わりません
社会や大人のせいにして
怒りのほこ先を向けても
そのやいば刃はやがて自分に向けられて
自分で自分を壊してゆくだけ
だったらどこへ向ければいい…
誰か教えて下さい

勉強なんか…

くり返される　同じような日々
そこから抜け出したいけど
何もできなくて…
まるで　ボクらは鳥かごの中のよう
それでも　新しい扉をあける時を夢見て
明日につながる今を信じて
必死で探してるんだ
勉強よりも　もっと大切な何かを
探してるんだ…

レール

つばをはきたくなる様な
矛盾だらけの世の中
そういいながら
結局決まりきった
レールの上を
歩いている自分がいるのは確かだ

砂漠の未来

砂漠が広がっています
そこには水があるはずもなく
ただ広がる「未来」という名の漠然地帯
しかし目をこらしてみると
キラキラとした砂の粒子達が
おうど色の輝きを放ちながら
何かを待っているかのようです…
いつの頃からか
僕はその漠然地帯に夢を抱き
やがて忘れ
そして今はわけもない不安が
この胸ばかりを恐い
いつしか僕は

漠然地帯を恐れるようになりました
何気ない毎日を何くわぬ顔で過ごし
このまま僕は
あの砂に吸いこまれていくのでしょうか…

情報　情報　情報……
その渦の中に巻きこまれてしまえば
確かなものなんて
何一つ分かりゃしない

何でも決めつけられるのがイヤだった
何でも同じ線に並ばされるのがイヤだった
自分が正しいと思っていた
大人の言うことに心の中でいつも反発した
ずっとずっと　言うことを無視していたら
いつのまにか　ひとりになった気がして
なんだかさみしかった…

前に進む僕達を拒むもの
それは心の弱さに負けてしまう　もう一人の自分自身
大人に近づくたび
嬉しいことと悲しいことの距離は大きくなる
そして僕はこれからどこへ行くのだろう…

十代のぼやきⅠ

小さな勇気
ぼくは
それが欲しい…

人生語れるほど
長く生きちゃいねぇが
いろんなことが
分かりかけてるんだ

僕らしくあるために
どんな事でも
ありのまま
受け止めていくよ

ねぇ先生
アンタ
説教するのに
生きがい感じてない？

下を向くのは
まだ早い

失敗して
分かることって
いっぱい
あるんだよなあ

この地球上の
たった一つの真実
君は君だということ

やってみて
できないのは
しょうがねえ
何もしないで
ムリって決めつけんのは
つまらねぇ

口先だけでは
誰でも言える
口先だけでは
何もできない

誰だって
人の見えない所で
落ち込むさ
みーんな
ホントは迷ってる

過去のことばっか
気にして
将来には不安だらけ
「今」を
忘れてないかい？

あんなに
言いたい事あったのに
半分も伝わらない

忘れたわけじゃない
「喜び」を…

伝えないと
意味がない
伝えることに
意味がある
でもホントに
むずかしんだなぁ

分かったフリは
いけねぇ
それは他人にも
自分にも
ウソつきだから

大人のいうことに
「YES」ばっかは
いけねぇ
たまには胸はって
「NO」を
だってオレたちの時代じゃん

アイツの「答え」が
オレの「答え」だとは
限らない

「さよなら」は
「出逢い」の始まり
「出逢い」は
「奇跡」の始まり

そのままでいいじゃない

冬のため息

冬の寒さにかすむ
イルミネーションが
妙に切ない
ため息…
ボクのこのキモチも
吐く白い息と共に
消えればいいのに…

よろこび

くるしかったよ　さびしかったよ
どうしようもなかったよ
かわらないみんながいたよ
おびえているぼくがいたよ
わのなかに　はいれないでいたよ
それがわるいことだときめつけていたよ
とってもこまったよ　とってもつらかったよ
ナミダでまえもみえなかったよ
でも…でもね
なんとかたえたよ
すこし　よりみちしてしまったけれど
よろこびをしっていたから
よろこびをしんじていたから
いまのぼくがいるよ

十七歳

いろんなことを知りすぎて
汚なくなったボクら
背伸びしたらつかれるし
違うことすれば何かさびしい
退屈な授業では
教科書とにらみ合う毎日
誰かのグチをこぼして安心する
ちっぽけな自分
大人達にふり回されて
世間の矛盾に気づき始めて
とがった心のかけら達をはむけて
また自分が傷つく
半分大人といわれても

コンタクトを片目にはめたみたい
何もかも不確かにぼやけるばかり
目の前の不安と一人で戦って
自分らしさに戸惑いながら
今を駆け抜けていく
でも何となくやり過ごす日々
「誰か僕を見つけてよ」…
本当は不安で仕方がない
それでも何かを探していく
それでも生きていく
それでもって…

人間

怒ったり
傷ついたり
気を使ったり
時々人間につかれるけど
そういいながら
ここまでこれたから
また明日もがんばってゆけるんだなあ

ホントはみんな不安だよ
いつもチャラチャラやってても
胸の奥に
しっかり不安がつまってる
からっぽなんかじゃないよ

星

将来のこと考えてると
星のない夜に
闇の中を歩いてるような気になる
一体僕は何を探してるんだ?
教科書に問いかけても
答えなんて見つからない
不安定で少しのことで
壊れそうだけど
勇気を持てば
あそこに星が見えるような気がする

思春期 I

透明な空気のような季節
街の群衆は僕に気づかない
太陽の光が傷ついたガラスの心を
反射した時
僕に気づくのは誰?
三角形の定理が本当ならば
せめて百八十度向こうの空気になりたい
透明な空気…
姿を現わすのは冬のため息だけ
色づかせてよこの空気
早く終わってよこの季節

君の性格は温厚
君を抱きしめられたら最高
君のスキな食べ物は大根
そんな君に僕はぞっこん
知らないココロの海を航海
そこであふれだす後悔
一瞬見える君の微笑
勇気をもらった僕は飛翔
君の優しさに感謝
君の瞳の光は僕に反射
あいつと話す君にジェラシー
僕はまだ君が好きらしい
息苦しいよこのはりつめた空気
そこで大人は「乱すな」風紀
目指すは社会に貢献
迷いながらひたすら冒険
精いっぱい生きるよ今
でも現実はヒマ
イヤな一日を過ごしました
それでも誰にだって来るあした

僕だって…

いつもは強がってばかりいて
さみしくないフリしてる
そんなあなたでも
ホントはさみしくて
一人で落ち込む時があるでしょ?
僕だって同じだよ…

どうしても…

かっこつけることが一番かっこ悪いと分かっていながら
どうしても　人の目を気にしてしまう
人に流されるのはイヤだといいながら
どうしても　情報の波にのまれてしまう
もっとみんなと仲良くなりたいと思いながら
どうしても　心を開くことができない
人に優しくしようと思いながら
どうしても自分中心に考えてしまう
結果が悪ければ
どうしても　誰かのせいにしてしまう
「自分にはムリ」だと
どうしても　自分の限界を決めつけてしまう
日々の暮らしの中で

どうしても　本当の自分を見失ってしまう
大人に近づくたび
どうしても　大切なモノを忘れてしまう
みんなもそんな事思いながら生きてるのかなあ

あのころ I

でっかい入道雲を追いかけた
追いかけても　追いかけても
はるか向こうの空
それでもいつかはたどりつくって
信じてたあのころ
何の迷いもなかったあのころに戻りたい…

プライド

他人の評価で作られた
プライドなんていらない
それはただのうぬぼれだから
自分だけの力で作られた
プライドを持っていたい
それはきっと
揺るぎない自信になって
ボクの背中を押してくれるから

豊かすぎて…

こんなに豊かな時代に生まれてきたから
精いっぱい生きろとか　夢を持てとか
やりたいことを見つけろとか言われたって
何をすればいいか分からないし
動けない…
でもそれは動けないじゃなくて
ただ動かないだけじゃないの?
何かやってる気になっても
それはほとんど　受け身
自分から動かないと何も始まらないし
いつからか作ってしまった「おり」の中からも出られない
ぼくらが「豊かさ」と引きかえに
失ったモノを

この「おり」の中から出て見つけにいくんだ！
そうしないと　ぼくらの時代は
どんどん汚くなってしまうような気がする

鏡の中の自分に笑いかけても
頭ん中は矛盾だらけ
心の中にポッカリ穴があいた様な
何かが足りない様な
今日この頃

思春期Ⅱ

そもそも「思春期」って春を思う時期とかきます
ぼくの思春期はずっと寒かった様な気がします
それは温かいモノに気づかなかっただけかなぁ
傷が治らないからかなぁ
見失いそうな自分はとても冷たいです
まわりの温もりも感じきれませんでした
とってもつらくて寒かったです
でもようやく春が来たようです
またいつか冬が来るかもしれません
でもこの春のキモチをぼくは忘れません
今好きな人がいます
春に感謝です

見えない宝物

いつだろうか
見えない宝物をぽつりと置いていったのは
何を忘れてしまったのだろうか
ぼくたちは…

もしかしてぼくらは
幸福すぎるが故に不幸なのかもしれない
でもなければ
その事さえ感じきれずマヒしてしまっているのかもしれない
そしてここには
ちっぽけなことに悩むちっぽけな自分がいる

大人になる前に拾いにいこうか

見えない宝物を
大人になっても大事に持っていようよ
見えない宝物を

あのころⅡ

お母さんと手をつないでた「あのころ」って
何も気にしてなかったなぁ
でも「今」はどうして考えこんでしまうんだろう？
多分それは成長したからかな
でもやっぱり戻りたくなる
「あのころ」の僕に因数分解——

誰だって人に弱さを見せたくない
自分も弱さを認めようとしない
でも全ての弱さを受け止めて
さらけだしてしまえば
どんなに楽だろう

ちっぽけな優しさが
その温もりが
うれしくてたまらなかったよ
「ありがとう」
そう言えることが一番幸せ

レッテル

重いんだよその期待が
「いい子」というレッテルをはられて
「いい子」のしばいをするのに疲れてしまうんだよ
そんなに強くないよ
そんなに強くないよ
ほめられたって何もうれしくないよ
ホントは無邪気にはしゃぎたいのに
ホントは…
でも誰も分かってくれない
それが分かっても
誰も信じてくれないだろうな
どんな励ましのコトバも
ボクにはただの雑音

心の中は　ズタズタだよ
望むものはただ一つ
「僕を返して」…

根っこ

授業中ふと外を見る
僕があの木ならば　君はその木の根っこだ
本当は一人になったら何もできない
君があの木ならば　僕はその木の根っこになろう
本当は自分のことしか考えてなかった
窓のすき間風の冷たさで
僕はふと我に返った

成長

負けること　苦しむこと　悩むこと
それはとてもつらくて逃げだしたくなるけど
僕の成長のための肥料になってくれる
楽なことしか選ばない人には
決して知ることのない「痛み」が
人間を大きくさせる
負けまくって　苦しみまくって　悩みまくって
僕らは　もっともっと強くなる
「痛み」が何かに変わる時
僕はきっと成長しているだろう

思いやりと重い槍《やり》

人に優しくできるのは思いやりがあるから
でも時として「思いやり」は
「重い槍」になって人の心につきささり
人を傷つけてしまう
傷つけてしまったことに気づかない時だってある
「思いやり」は「重い槍」に少しの差で変わるけど
それを避けてたらいけない
槍と槍を飛ばし合いながらでも
人と人は向き合わなくちゃいけない
「重い槍」は本当の「思いやり」になって
人と人をつなげてくれる

冬の魔法

指と指の間がはち切れそうな程
強く冷たい風にさらわれてしまいそうだよ
ひとりでいる時間がやけに長い
切なくて　もの寂しい冬の魔法にかけられてしまって…
センチメンタルな夜だから
今日はこのままひとりでぼんやりしておこう
暗闇の街の屋根だけにつもった
真っ白な雪が次第にとけていく
冬の魔法をとかしてくれるのは
誰かの優しさだけ…

家族

そこには安らぎがあふれていて
それは温もりとなって僕を包みこむ
そこには支えてくれる人がいて
僕はその愛に応えることが
うまくできない
それでもそこには目をとじると
愛の空気を感じることができる
僕はここがだいすき
あなたにもそんな居場所ありますか？

ここにいるのに

苦しいな　逃げだしたいな
僕が僕でいるってことは
すばらしいけど
数学よりムズかしいんだな
答えが分からないよ
よそ見しないで…
見ないフリしないで…
僕はここにいるのに…
ここにいるのに…
誰か気づいてよＳＯＳ…

心の窓

今日も寒い
冷たい風をさけるように
僕は心の窓をそっと閉める
窓のすき間風が冷たくて
部屋の隅でずっと震えてる
窓の外には他の窓がある
みんな寒いみたいだ
窓が閉まってる
あなたの心の窓を開けて下さい
そしたら僕も開けるから…
暖かい居場所が見つけられるから…

人ってみんな変わるのかな？
いつも優しいあの人も　変わってしまうのかな？
いつも笑わせてくれるあの人も
大人になれば　むずかしい顔なんかして
変わってしまうのかな？
大好きなあの人も　みんなみんな…
変わってしまうのかな？
そして僕も…？

揺れる揺れる　心が
まるで荒波の中のボートのように
進む進む　時が
まるで私をおきざり人形にするかのように
しみるしみる　優しさが
まるでまどろみの中の温かい日差しのように
見える見える　明日が
まるで暗闇の中の一筋の光のように
叫ぶ叫ぶ　心が
まるで私をつき動かすように
私は荒波の中のボートから脱出する

ナミダ

胸がしめつけられる様な想いって
誰にでもあるだろ？
それは怒りだったり悲しみだったり恋だったり…
胸の中でかかえきれなくなった想いが
あふれだす時
それはきっとナミダになるんだろう
今泣いてもいいのかな…

神様へ

前略神様
本当は信じないが　もしそこにいるのなら教えて下さい。
悲しみに暮れる人に　僕は一体何をすればいいのでしょう。
何ができるのでしょう。
僕は心の地図の中で迷っています。
そこには道がいくつもあって
太い道、細い道、どうやら大きな壁もあるようです。
しかし、道の先に何があるのかぼやけていて分かりません。
ただ雨が降るばかりです。
あの雲の裏に隠れる太陽を見るには
あの人の本当の笑顔を取り戻すには
僕は一体何をすればいいのでしょう。
何ができるのでしょう。

もしそこにいるのなら教えて下さい。
神様——

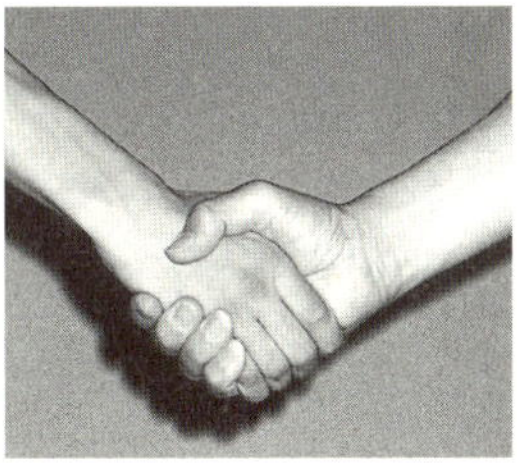

少年の涙99粒は

あったかいかたまり

一個によって

全て吸いこまれていった…

十代のぼやきⅡ

君が君を
否定したら
君が君じゃなくなるよ

ムダだって
思うこと
それがムダだ

嫌われたくないから
ウソの自分をだす
それって疲れるでしょ？
いつまで
続けるつもりだい？

なんかねぇ
キモチだけが
先へ先へ行ってしまって
うまくいかねえ
ちょっとだけ
ひとやすみしよう

ひとりって
思ってる人は
ひとりだけじゃないよ

勉強するのはいいけど
おぼれんなよ
勉強しかできない
人間になっちまうぜ

「だるい」って
何言ってんだよ
まだまだ若いじゃないか
動け！

ブラウン管の
アイドルに恋するの
もうやぁーめた
だって君を
見つけたから…

人が
やってるからって
なにも自分まで
マネする必要ない

勉強なんか
くだらねえ
でも…

君と話す
一秒は
長いようで短い
これって恋っすか？

明日じゃなくて
今日がんばろう

まずは
自分に
原因がある

僕が僕じゃなくなる時
君の事を想う時

さめたツラなんかして
何かっこつけてんだ
もっと笑えよ！

なぜかキモチとは
反対のことを
してしまう
それってただの強がり？

幼い頃見てた
無数の夢
どこに行っちゃった？

いつも困難を
うらんだりするけど
それがぼくを
大きくするってことに
気づかなきゃ

「毎日がつまらない」
と言う奴
そういう奴が
つまらない

そんな日もあるさ。

頭では分かってるけど
それがなかなか
できねぇんだな
から回りするのも今のうちさ

「スキ」っていう
キモチを否定した時
その人のことが
ホントにスキだと
分かった

あいつの心の中に
オレはしっかりと
座っていたい

念ず＝心を込めて祈り
つらい事に耐えること
（辞典より）
「念ずれば花開く」

赤点なんか
こわくねぇ
紙きれ一枚じゃ
何も決まらねぇ

こざいくはいらねぇ
いつでも直球勝負！
君のハートに
全力投球!!

はずかしさとか
コンプレックスとか
捨てられるなら
捨てたいけど…

つらい時が
大事
ウン

欲しがるのは
もうよそう
今自分が
持ってるものを
使ってやろう

道ばたの花は
ふまれても
ふまれても
咲くんだな

伝えないで
ウジウジしてるのと
フラれるのって
どっちが
カッコ悪い？

日々の小さな変化の
つみ重ねが
やがて
大きな変化になる

なんでかなぁ
分かんねぇ
「勉強」も「自分」も
「これから」も
それを分かるのは
「自分」しかねぇんだよなぁ

最近
ウソといいわけが
うまくなったなあ…

遠くばっかり
見てたら
目の前の大切なもの
失くしちゃうよ

あなたとの出逢い
そんな小さな奇跡が
今日もどこかで
起こってんだろう

よけいなモノを
全部捨てた時
昨日と違う
ボクを見つけたよ

強く生きなきゃ！

失いゆくものに涙を流し

そしてぼくら何かを得てゆく

傷つくことを生きる強さに変えながら…

飛べない鳥たち

遠い空の下で　くり返す日々に
疲れきった君
君も僕と同じかな
もうクタクタ…
「若いってけっこう疲れるね」
誰かが言ってた
大人になればどれだけ疲れるの?
うわべの自分に迷っては抜け出せず
僕は悲しい歌にすがりついた…

誰かが僕をにらんでる様な気がして
一人震えてた
疲れきった心　安らぐ場所求め

歌い続ける
ガラスの心は割れたまま
翼を失った飛べない鳥たち…

キレイ事を並べて話す大人達の中で
何が大事なのかさえも分からない
初めて犯した過ちに自分の無力さを
感じたあの日から
失った何かを取り戻すことができただろうか
そう本当の自分を…

誰かの声に気づき振り向いた僕は
一人じゃなかった
澄んだ心　無邪気にはしゃっぎあって歌い続ける
本当の姿にたどりついた

翼を取り戻した鳥たち…

遠い空の下で　くり返す日々に
疲れきった君
みんな飛べずにもがいている
何もかも　あきらめたわけじゃない

何でもあふれた時代だけど
だけどね何かが足りないんだよ
きっとぼくらは
心の穴の埋め方を知らないんだよ

空

雲をかきわけてく飛行機は
どこまでも小さくなっていった
迷いや不安も乗せて…
夢や希望も乗せて…
ぼくは「空」になった
果てしない空に飛行機雲は
あいかわらず続いている…

また歩き出す

ささいな事でイライラして
そんな自分に気づくと情けなくなって
いつも立ち止まってしまう
そんな僕だけど
何かがあるからがんばれる
何かに向かってまた歩き出す

傷つかないと進めないことがあるのに
失敗しないと分からないことがあるのに
探しているものは　いつも逃げ道ばかり
何かに踏みこもうとした時
最初に行く手を防ぐのは
「不安」という感情の壁で
たった一歩が重たい…

意味なんて分からなくてもいい
内側からこみ上げる心の叫びが
叫びのまま終わらない様に
ガレキの下からはい上がるんだ！

六月のひとり言

あぁ　今日のため息何回目？
近寄る夏に目をふせて
「だりー」と独り言
やらなければならない事は見て見ぬふり

あぁ　からを打ち破る勇気をください
何もかも遠く感じてしまう僕は
信号機がまるで星のように見えた
あれは確か赤信号だったっけな

あぁ　このままじゃいけないんだ
「分かってるけど…」を言い訳にして
ためらっているのはどこの誰？
そう　鏡の中の俺しかいない…

もどかしさに揺れる毎日と
なかなか踏み出せない自分にイラ立ちもするけど
僕と同じ想いを抱えてる人がきっとどこかにいる

心の大切さを知っていながら
外見をかざり立てることに
時間をついやして
中身の心が見えなくなってしまいそう
大人にはなりたくないと言いながら
最近大人ぶってる自分がいるよ

ブランコ

臆病になって
信じるキモチを忘れたフリして
強がって
知らないことを知ったフリして
それは素直になることを忘れたわけじゃなく
怖いんだね
まわりのモノが見えれば見えてくるほど
不安になるんだね
あのブランコに乗っている少年も
やがて自分の弱さに悩んで
今の僕のように揺れてしまうんだろう
その頃僕は
少年の望むような大人になれているだろうか

悲しいことだけど僕は

どうやら泣き方を忘れてしまったらしい

高校生のランドセル

わくわくしながらピカピカのランドセルを
背押ったあの日からもう11年以上たった
あの日ぼくは6歳だった
小さな背中にでっかい岩
今にも足もとがふらつきそうな姿
ムリをしてポケットに手をつっこんでみたりした
あの時ぼくはちょっぴりお兄ちゃんになった気がした
今あのランドセルはどこへ行ったのだろう…
もうすぐ18歳になるぼくは
別のランドセルを背押っている
それは目には見えないけれど
何だか重たくて重たくて…
みんなから追い越されてしまいそうだ

人間誰しも一度は背押わなければならないもの
この中身はみんなと同じだろうか
一体いつまで背押っていくのか
受験　友達　恋愛　家族…
逃げれば逃げるほどランドセルは
ぼくの肩に重くのしかかる
それがぼくに強く生きていこうと決心させる
「未来のぼくはふらついているだろうか…」
星がこぼれていきそうな夜空に
ぼくは17歳最後のため息をついた…

幼い頃少しだけ感じていた大人への憧れは
「このまま時が止まればいいのに」という
願いに変わった
時間なんて止まりはしない
そんなこと幼稚園の頃から知ってたけど
「今」が永遠に続くわけじゃないということ
最近やっと分かった

アイドンノー

この頃　考える事が多すぎて
何から始めていいのか分からない
数学のベクトルが分からなくて
時々　著名者のストークスさんをうらんだりする
人のキモチが分からなくて
夜眠れなくなったりする
自分のキモチが分からなくて
何だかさっぱり物事に集中できなくなる
憂うつなんだけど
何が憂うつだか分からない
ウソばかりが転がりすぎて
何がホントなのか分からない
分からない…　分からない…
教科書も参考書も誰も　答えない

孤独

人間いっぱいいるけどさみしい
人間いっぱいいるからさみしい
暗くなると何かさみしい
テレビつけても何かさみしい
音楽かけても何かさみしい
友達いるけど何かさみしい
受話器もってる自分が何かさみしい
君がいることで僕の存在を確認することは
情けないことだけど
たとえば地球に
始めから僕一人しかいなかったら
「孤独」なんてコトバもなかった

矛盾

僕等はいつもつじつまを合わせようとする
自分を正当化するために
それは単なるいいわけに過ぎない
道から外れるのが恐くて
やりたくない事をやらされていると言い聞かせて
結局みんなと同じ事をする
まぎれもなく僕は矛盾している
そして矛盾と戦い
戦い続ける――
そこに勝利はない

自由と束縛

見えない何かに縛られているようだ
だけどそれが何なのか分からない

窓の外を見れば
空が限りなく青くて
そこに白い雲が思い通りに散らばっている
舞うちょうは
風に揺れる木の葉のまわりを飛びまわっているし
その木では
夏の訪れを待っていたセミの声が
うるさい
それを見ている僕も
いろんな事を思う

そして明日はまた違う事を思うだろう
――自由だ
自然だって心だって自由だ
僕はこんなに自由だ
だけどいつも不満ばかり言っている

見えない何かに縛られているようだ
だけどそれが何なのか分からない

僕らの同年代がしでかした凶悪な事件に
世の中がさわぐ　大人達がさわぐ
だけど僕らは平然と毎日を過ごす
一週間もたつと事件なんてものは忘れ去られ
また似たような事件が起こって
世の中がさわぐ　大人達がさわぐ
いい加減に僕らは耳をふさぐ
大人はまたいいように理屈を並べ
分かったようなことをああだこうだと言っている
だけど何も分かってやしないんだ
僕らの同年代に何が起こっているのか
僕達だって分からない

加速

時代が加速する
ボクのチャリンコも加速する
でもボクは時代に追いつけない
時代は恐しいほど変わってゆくのに
ボクの心のまん中は
何も変わりはしない

10代の冒険

僕の成績は下がるところまで下がった
昼の温度計は上がるところまで上がった

僕はおそらく逃げている
逃げることしかできなかった
それは僕自身が弱いからだろう
でも逃げた分
みんなと違う素晴らしい事を学んだ様な気がする
僕は自分が正しいと思う道に
進んだつもりだった
でもどこか焦っていた
結局　僕は
世の中の仕組みに従うしかなかった

三者面談の先生の表情が
作り笑いにしか見えなくてちょっとさびしくなったけど…
逃げるということ
それは僕にとって一瞬の冒険だった

未熟者

ろくに勇気のない自分に
人に勇気を与えられる力なんてないのかな
残念ながら　僕はまだまだ無力かもしれない
いつだっていろんなものから何かを与えられる
それを一生懸命　吸収しようとする
いつまでも誰かの手の中で守られて
安全な場所ばかりにいてはいけない
危険な場所を恐れていては
僕は僕でなくなってしまう
そろそろ自分の2本足で立って
足跡を残していかなければ
そしていつか　誰かが僕によりかかってほしい

ポッカリあいていた心の穴が
優しさでどんどん埋まっていった
もう大丈夫
ぼくはうれしい
だってこんな自分がいるなんて
あの頃考えられなかったから
でも　ぼくはきっと……どこかで信じてた

タンポポのわた毛のようなプライドが
意地をはって
「僕」を隠していました
そんなものいらないって気づいた時
すごく楽になれました
ちょっとかっこワルいけど
これがホントの「僕」です

何もかもどうにかなると思いながら
どうにもならないことに気づいてしまう
でもそれはどうにもならないことではなく
自分がどうにもならない様に動いているだけで
ただ自分が逃げていることを認めたくなかった…

将来のことを想像する僕達は
本当は「今」で精いっぱい
笑って　泣いて　怒って　傷ついて
「今」を生きてる

心の地図

今まで何度も心の地図を
やぶり捨ててきて
行くあてもなくまた
それを拾ってつなぎ合わせてみるけど
前に広がるのは迷路ばかり
それでも前に進もうとするのは
明日の自分を信じていたいから…

後悔

何もできない自分が悔しいよね
何もしてやれない自分が悔しいよね
負けてばっかりじゃ悔しいよね
でもね人間って
忘れやすい生き物だから
その悔しさいつのまにか忘れて
また後悔するんだよね

あなたもさびしいのですか？
あなたも同情されたいのですか？
それじゃあ　あなたは被害者ですか？
そう思うなら
一生被害者やってればいい

ありふれた日常の中で
自分を変えることは難しいから
何かのキッカケをいつも待っている
昨日と今日をはっきり区別できる
強い刺激が欲しい

静

冬の夜空のあの感じは
冷たいコンクリートに寝そべってるみたい
乾いた口唇をなめても
乾ききった心の奥を潤おすことはできず
むしろその乾いた心にさえ
気づけやしない
街の灯りが多すぎて
高層ビルの上に置いてある月の光が
目立てずに　何となく嘆いている
ただ聞こえるのは
「ツーン」という空気の音と
明日へ向かう時計の針の音…

川の水に触れたら
冷たかったり　あたたかかったり
するように
人のキモチも触れないと
分からない

十代のぼやきⅢ

「ひとりで生きてる」って
言いはる奴は
まわりに
支えられてる事に
感謝してないよ

勝手な
思い込みで
人を傷つけてきたな…

悲しい時は泣いて
うれしい時は笑って
素直に
できたらいいですね

先のことは
何も分からねぇ
分からないから
明日も生きてくんだろ？

うめぼしとるか
キャラメルとるか
恋と同じだろ？
すっぱいのとるか
甘いのとるか
うーんぜいたく
やっぱ人間でヨカッタ！

いくら
人に頼っても
最後は
自分次第さ

何もできねぇ自分を
ごまかしてんだろう
何でも
「人並み」目指して
ごまかしてんだろう

「後悔」って
全力でがんばれば
しないもんでしょ？

泣いても泣いても
涙は枯れない…

考えても考えても
前を見るっきゃねぇ

知ってるよ
人の見えない所で
君がちゃんと
がんばってるってことを

いろんなことを
逃げてきた
逃げても逃げても
壁はありました

夢の中だったら
話せるのになぁ…

勉強と引きかえに
捨てたモノ
ホントに
このままでいいの?

あんまり急ぐと
転んじゃうよ

人の心を分かってやりたい
でも分かったら
おもしろくねぇんだよなぁ

青いお空と
元気なお前
また明日も見たいなぁ

大切なもの
失ったあとにしか
気づかなくて…

ようするに
イイとこも
ワルいとこも
全部認めてこそ
僕は僕
君は君

傷つけないことが
やさしさだとは思わない

他人が
どう思うかじゃなく
自分がどうしたいか

あせるな！
自分のペースを信じて

傷ついた分だけ
優しくなれるさ
強くなれるさ

「あたり前」に
慣れちゃいけない
だって
生きてる心地
しないもん

傷つくことを
恐れるなら
そのままにしときゃいい
でもね
何も変わらないよ

いくら雨が降っても
雲の裏に
太陽が待っている

他人と比べるな
昨日の自分と
比べろ

さぁ勇気をもって
自分の足で一歩
勇気が
自信に変わる

口びるかみしめて
前さえ向けない
誰にだって
そんな時がある

ボクのまわりには
便利なものばかりだけど
いつもいつも
何かが足りない

ぼくらはいつも
誰かが壊した
ガレキの下で
もがいてるんだ

ところで君は
何を待ってるの?
チャンスは
どんどん逃げてくよ

今悩んでることを
早くなくしたいと思う
でもそれがなくなれば
ぼくは成長なんてできない

お前の人生の
主人公は
お前しかいない

あのねオレ
なんかワクワクする
それが何か
分かんねえけど
このキモチ
忘れないでいようと思う

僕は
僕になる
勇気を持とう!

心の中で成長した
思いやりが
いつのまにか
ウソのかたまりになってしまった…

素直に生きるのって
正直に生きるのって
この世の中
きっとむずかしい
ことなんだな

「今」は
今しかない

壊したいよ大人の作った道
なんだかんだいってもこの先は未知
だらしないボクはまるでクラゲ
勉強なんかくそくらえ
思いすごしの悪ふざけ
先生の説教に腰くだけ
君の作ったあったかいオムレツ
やっぱり味はかなり強烈
家族のあたたかさに安心
親のひたむきさに感心
素晴らしき出逢いよボクに来い
願うはドラマみたいな恋
理想の中でふくらむ夢
現実の中では行方不明
マウンドに立つルーキー
分けてもらいたいよその勇気
思春期に戸惑いながら試行錯誤
腹をきめて前に行こう覚悟
今次の扉を開けてごらん
そこは回り始めたメリーゴーランド

ホントの姿が弱いから
心の声に耳をふさぐ
弱さを見せることなんてできなくて
強がりの僕
強がりの人間
えらぶる人間
ただ傷つくのが怖い臆病者

遠い日々

丸い輪に入れなくてさみしかった
居場所がなかった日々
毎日のくり返しから
抜けだせない自分につかれていた
飛び立てなかった日々
どうにでもなれと素足で身を投げ出した
傷だらけの日々
一年はあっという間に過ぎてくのに
ひとりの時間がとてつもなく
長くて…
時の流れにまかせたまま
ただこの時が終わるのを待った
何にもないと思っていた遠い日々…
確かに〝今〟につながる遠い日々…

見た目じゃ分からない「強さ」を持って
みんなそれぞれ必死に生きようとしてる
なにも自分だけが苦しいんじゃない
がんばってるのは自分だけじゃない
ひとりじゃない

がんじがらめの毎日の中
探してたものが見つかった様な気がしたけど
それはただ無理やり出した答えに
すがりついてるだけでした

臆病な手袋

変わっていく季節に気づかなかったのは
鼻を真っ赤にしながら
冷たい風をさけていたからだろう
凍える両手に手袋…
こんなふうにボクは
何かを無視して自分を隠してきた
…「しもやけ」なんて見せられない…

僕じゃないボクを正当化
それは強烈な現実逃避
本当の自分の姿も分からないのに
それを探しているかの様に錯覚する
追っていくものがウソでも
言っている事がキレイ事でも
見えないものへの憧れが
確かに僕の内側をつき動かしていく…

立ち止まりたくても立ち止まれない
前に進むより　休むことの方が
むずかしい時代の中で
その不安を　友達にも親にも
誰にも言えない…

悲しい気持ち

どーしようもなく悲しい気持ちを
まぎらわすために
わざと明るい曲をかけた
でもムリしてる自分にたえられなくなって
思わずストップボタンを押した

どーしようもなく悲しい気持ちに
ひたるために
わざと悲しい曲をかけた
でも感情をもてあましてる自分がイヤになって
思わずストップボタンを押した

全てが終わったかのように

嘆いた日や悲しい気持ちは
おそろしいほどに時間が消してくれる
そんなこと幼なすぎて
知らなかった…

当たり前のように
楽しい日も　つまらない日も
みんながみんな慣れてしまってる
悲しいニュースも　人の涙も
全てが他人事のようで
良くも悪くもない人生に満足する

「待つ」ということは
「何もしない」ということ
何もしないで何かを
つかむことなんてできなかった

誰かがいいと言えば
それをいいものと思い込み
誰かがわるいと言えば
それをわるいものと思い込む
そうしてやがて
僕は自分の価値観を見失う

勇気

君の勇気が
僕の勇気になって
僕の勇気が
臆病なカラを破って
出てきたのなら
それは君の勇気になるだろう
総ての言葉を越えて
今度は僕が
君の勇気になろう

今を生きてこそ未来《あした》がある
君がいてこそ僕がいる
どんなに否定されても強く生きるんだ
だって僕は僕だから…

スタートライン

いくら時計の針を戻してみても
時は進むばかり
だから今できることを
今やってみたい
「始まり」に遅いことなんてない
だから過去を嘆くより
時計の針を「今」に戻してみて
そこが君のスタートライン

オレたちに捧ぐ～run　乱!!～

当たり前の道に人生かけてるのかい？
大人達の作ったレールにのっかるだけかい？
路上の白線に沿って歩いてみても
答えは見つからねえよ！
奴らのマネばっかして
誰が誰だか分かんねぇよ！
同じようなことやって安心してるつもりかい？
いっそのこと　その胸の奥にあるもんを
さらけだして！　放り出して！
オレたちには今しかねえんだよ！
自分が一番よく分かってら
そうさ走り出せ
run　run　run　乱　乱　乱!!!

メッセージ

走れよ　今を
飛べよ　明日へ
歩めよ　自ら
信じろよ　白い雲を
持てよ　唯一の自分を
捨てろよ　重い荷物を
抱けよ　疑問を
憎めよ　社会を
叫べよ　心を
気付けよ　温もりに
伝えろよ　愛を
受けとめろよ　弱さを
泣けよ　枯れるまで

笑えよ　素直に
放てよ　光を
見ろよ　空の青さを
見ろよ　道ばたの花達を
選べよ　生きる事を

あの人ができるから
あなたにもできる
とは言えない
あの人ができないから
あなたにもできない
とは言えない
答えは
あなたがやるかやらないか
それだけのこと

転べばいい

プライド達のかけらを拾い集めた。
僕はそれが重くて仕方なかった。
がまんできず転んでしまった。
するとちっちゃな花を見つけた。
僕はその花をもつことにした。
水をやった。
咲いた。
でも枯れた。
また転べばいい。
走って走って転べばいい。

君の道をいこう
誰かの後ろについていくのは
ただの真似だから
君の心に聞いてみよう
どんなにつまづいても
君の心が呼ぶ方向へ
進み続けよう

もう一度

もう一度がんばってみようと思う
とらえどころのないもどかしさはあるけれど
太陽がぼくを照らしてくれるから
隠れていたぼくを照らしてくれるから
ぼくの存在を何も言わないで認めてくれるから
もう一度がんばってみようと思う

四月の木漏れ日

木漏れ日がまぶしくて　目を閉じた四月の朝
あの頃の思い出が　まぶしすぎたから輝きすぎたから
目の前がかすむよ
誰もが逃れられない迷路の中で
出口を探して　さまよっている
悲しみの放物線はどこへ向かうの？
分からないよ　僕は僕の気持ちが…
いろんな想いが頭の中をかけめぐるけど
結局　答えは一つなんだろう
思い通りになることは本当に少ないけど
それを言い訳にしてあきらめてしまうのは
カッコ悪いよ
うつむいて歩いていたのは　もう昨日のこと

過去の鎖につながれたまま
前に進んでるフリをするのはもうやめよう
何も見えない明日に
情熱の糸だけをはりめぐらして
とにかく行こう
新しい今日の追い風を感じながら
向かい風を感じながら
背中いっぱいに木漏れ日を浴びて――

生きていくのがつらかった～ヒマワリのように～

生きていくのがつらかった
なるべくそれを人に分からせないようにした
すると僕のココロとカオは
いつのまにかゆがんでいた
でも笑いたかった
心の底から笑えたあの日
生きていくのが楽しくなった

自分を否定されるのがくやしかった
でも僕はじっと耐えた
他人に合わせて無理して自分を変えることは
無駄なことだと分かった
他人がどう言おうと

ありのままの僕でいようと思った

ここにいることがさみしかった
どこかに逃げてしまいたかった
ひとりになったと思った
居場所が欲しかった
暗いことばかりが頭に浮かんだ
でも僕には支えてくれる人がいた
だから僕は生きていかなければならないと思った

思い通りいかない自分が嫌だった
他人がうらやましくてたまらなかった
自信がなかった
新しい自分を探した
僕は迷いながらゆっくりと

しかし少しずつ前に進んでいた

人と話すのが苦しかった
いつもいつも逃げ道を探した
僕は分かってくれる人が欲しかった
カラに閉じこもってはダメだと思った
そんなこと前から分かっていた
でも怖かった…
新しい扉を開けた僕を
待っていたのは人の優しさだった
人の優しさがうれしくてたまらなかった
こんなにあったかいなんて知らなかった
そして僕も人に優しくしたいと思った

あの人のキモチを知るのが怖かった

前に進むのが怖かった
傷つくのが怖かった
心を開くのが怖かった
ハダカになるのが怖かった
勇気……
やっと踏み出せた　僕なりの一歩
気がつけば　晴れわたる青い空がきれいで
あの時の僕は　どこかヒマワリに似ていた

生きていくのがつらかった
そんな事思っていた僕だって
今　生きているのが楽しい

かたい石ころに
つまづいた時
見上げた空は
優しかった
傷だらけの僕に
優しかった

十代のぼやきⅣ

眠れない夜
ふと弱い自分に
気がついた

忘れようとすれば
するほど
このキモチは
抵抗してふくれ上がるんだ

強がるたびに
弱い自分を知ってゆく

もし壁も何もない道を
選ぶなら
僕も何もない人間に
なるだろう

今この時期だけが
一生を決めるなんて
思わない
時間は平等なものだから

出逢いがあれば
必ず別れが来る
たとえそれが
かけがえのない人であっても…

人を傷つけたと
知った時
その人の心の破片が
自分に返ってくる

僕がどんなに
喜んで笑っていても
どこかで
苦しんで泣いてる人も
たくさんいる

自分をキライに
なるのはたやすいけど
あの人をキライに
なるのは
そうカンタンでは
なかった…

捨てないで
自分らしさを
君だけが持ってる
何かがスキだから…

心の底の声を聞いてみな
そしたら
正直に生きてない自分に
気づくだろ

単調な生活の中で
いつも誰かのせいにして
甘えていた
人を傷つけていることにも
気づかずに…

前に出ねぇと
テメーの運命は
変えられねぇ

道を踏み外しそうに
なったけど
この道の途中で
あなたに出逢えたことが
何よりも幸せな出来事でした

強がるのはもうよそう
もう少しだけ素直になれば
きっと答えが出るはずだ

君を追いかける
楽しさだけが
僕を笑顔に
させてくれるんだ

情熱の中の
冷静さを
忘れてしまったら
おしまいだ

僕は僕の道を
歩いてゆく
決して誰かの道ではない

その人にとって
何でもないコトバや出来事が
自分にとって
すごく傷つくことだったりする…

その人にとって
何でもないコトバが
時には自分に
勇気をくれたことがある…

僕を見てよ
僕は君を
見れない

ゴールを目指すなら
まずスタートラインに立とう
ゴールばかりを
見ていては
スタートさえできない

ぼくらにどんな時代が
待ちうけていようとも
そこで生きるのは
僕達自身だ

誰も知らない
いつ死ぬかということを
誰もが知っている
いつかは死ぬと
いうことを

あんなこと
知らない方が
よかった
時々傷ついた自分が
イヤになる

ココロのすみっこに
隠しているのは
いつも
傷キズきず…
ホントの自分…

苦しい時に
踏み出す一歩は
楽な方に何歩も
進むより
ずっと価値がある

今日信じてたものが
明日もあるとは
限らない

ぬくもりをください
冷えきった心を
何も言わずに
抱きしめてくれませんか…

努力しない者が
努力した者に
勝つってことがあるとすれば
世の中やっぱり
平等じゃない

切なさにも似た
憂うつは
冬になるといっそう
強まってくる
いつのまにかため息が
白い息に変わってた…

何でも
分かったようなカオを
してる人は
たいてい何も分かってない

今がんばらなかったら
きっと
中途半端な大人に
なってしまう

かっこいい事をしなくてもいい
かしこい事をしなくてもいい
ほめられる事をしなくてもいい
ムリな事をしなくてもいい
君だけの“一生懸命”でがんばればいい

ぐっとこらえる…
どこまでも続いていきそうな
悲しみの夜空が明けるまで
ぐっとこらえる…
あなたはきっと今
我慢する時です

不器用な奴なら
不器用な奴なりのがんばり方が
あるじゃないか
背伸びしなくても
仮面かぶらなくても
お前はお前のやり方
知ってるはずだ

そんなに急いでどこいくの？
急ぎすぎたぼくらの未来
ぼくはあいかわらず
マイペースでいくつもりだけど
そろそろ休憩しませんか？
ぼくといっしょに…

雲

あの白い雲を見てごらん
遅いけどそれは
ゆっくりゆっくり確実に動いている
みんな形がちがう
時々　雲と雲がつながり合って
一つになる時がある
きっと誰でも
その人にしかない自分らしさを持っている
そしてつながり合って生きている
僕は僕らしく
君は君らしく
ほら　あの雲のように…

妥協

「これぐらいでいい」と
途中でいつも手抜きしてる自分がいる
そしてどこかで
それを許してしまう汚ない自分がいる
でもホントは気づいてんだろ？
「このままじゃいけない」って思ってる自分に
気づいてんだろ？

ぼく＝ぼく

考えすぎたのかな　ぼくは
何もかもが　から回りで
自信なんてもんはどっかに落としてしまって
コンプレックスのかたまりなんだな　ぼくは
何かしようとすればそれがじゃまして
ぼくはぼくなんだな　要するに
ありのまま受けとめるしかないんだな
ぼくはそれがぼくだと思うんだな

僕とボク

見られたくない心の闇
分かってほしい心の闇
ぼくは「ボク」という役を演じることしかできない
「僕」からの逃避
「ボク」への逃避
安らぐ場所と勇気という名の翼
「ボク」からの飛翔
「僕」への飛翔

自分のこと好きですか？

自分は自分と胸をはれますか？

それは本当の自分ですか？

ぼくは嫌いになることが多いです

時々自分が誰なのか分からなくなる時があります

でもムリして好きになることないです

最近そういう自分がちょっと好きです

ぼくの輝き

今を全力で生きるということ
なかなかできないけど
それはぼくが一番輝く時
頑張ることは何だっていい
夢も見えない嵐のような世の中だからこそ
それは素晴らしい
真夏の太陽が太陽らしく輝くように
自分も自分らしく――
それがぼくの輝き
誰のものでもないぼくの輝き

ハダカの自分

なんだかみんなマネばっかしてる
自分が自分であることをごまかしてる
ボクもその一人かな
人の顔色うかがって
気づけばみんなと同じことやってる
きかざらないハダカの自分が欲しい
あなたの前で素直に笑える笑顔が欲しい…

いくらもがいたっていいじゃない
どんなにバカにされたっていいじゃない
どんなにカッコ悪くたっていいじゃない
それが僕の証しだから
僕は僕でいいじゃない
僕は僕を離さない…

水たまりに映るゆがんだ自分を見たら
未来ってやつが信じきれなくなった
指と指の間をすり抜ける水面のカオが
情けないほど　自分の心を映してる
今はネガティブすぎる僕だけど
いつでも自分は自分の中にいるって
きっと分かる時が来る

理想と現実

まっすぐ前が見れないのは
自分にとって不都合な現実を認めないから
ホントは理想だけを見てしまって
現実に目をそむけているから
遠ざかる理想を現実として見てないから
目の前に転がる現実をしっかり見てこそ
初めて理想が見えると思うな

大切なもの

いろんなことが変わり続ける世界でも
いつの時代も変わらない大切なものがあるね
それは見えないけど
とっても温かい
時々人はくり返す日々に埋もれてしまって
あたり前のことに慣れすぎて
それを忘れてしまう
でも思い出す時もあるんだ
それは自分の歩く足元にある
遠い所だけを見ていた僕は
大切なものが
すぐ近くにあることに気づくんだ

ムダ

人生に無駄などない
僕が生きている限り
それまでのあらゆる経験が
僕をふちどる全ての要素になっているからだ
「今までは無駄だった」
そうやって過去を否定することこそ
唯一無駄なことではないか

灰色の香り

時々　思い出す
暗い記憶の片隅に根づいた香りを
傷ついた記憶の断片は　僕を浮遊させる
あの時の灰色の空に
時を越えて　つばを吐いた
再び出会いたくない記憶の中の香りを
洗い流す様な今日の雨
坂道を伝う水達に逆いながら
僕は現実の上を歩いた
二つ目の曲がり角で雨が止んだ時
僕は道がどこまでも
続いていることに気がついた

鼓動

何の疑いもなく
その日暮らしだけの
一日が終わる
静寂の中の
時計の針の鼓動が
自分の心臓の鼓動と重なる
——生きている——
また明日もきっと
日が昇り
赤い夕日が沈むのだろう

写真立てのあなたに…

あなた
いない…
ぼく
つらい…
でも
生きる
多分…
ぼくの心の中
あなた
いる
生きてる…
ぼくも
いる
ここに

生きてる…
あなた
忘れない…
ぼく
忘れない…
でも
あなた
見えない
二度と…
ぼく
つらい…
でも
生きる
多分…
生きていく

「努力」という誰もが知ってるコトバ
でもなかなかむずかしい
「逃げる」という誰もが分かってるコトバ
僕らはいつもくり返す
「努力」している人は
理屈ぬきでかっこいい

if

もし　ぼくが空気だったら
さっそうと大地を駆け抜ける風になりたい
もし　ぼくが氷だったら
水になって自由に動きたい
もし　ぼくが落ちていく花びらだったら
受け止めてくれる何かが欲しい
もし　ぼくが地図だったら
誰かの道しるべになりたい
もし　ぼくが消しゴムだったら
あなたの悲しみを全て消してあげたい
もし　ぼくが生まれ変わるんだったら
あなたともう一度同じ場所で笑ってみたい
もし　ぼくが死んだら
この願いは全部かなうだろう

幸福

何かを好きでいられることは
その人にとって幸福なことだ

好きなものの輝きは
自然と自分を照らしてくれる
そして　それは自分自身の輝きになる
そんな小さな光が地球上の
あちらこちらに散らばっているというのに
世の中がすさんで見えるのは
なんでだろう?

何かを好きでいられることは
その人にとって幸福なことだ
そして　自分も誰かの輝ける存在になりたい

メリー

いつもの帰り道
道の片隅に一匹のネコ
お前の名前はメリー

メリー　お前の眼があまりに優しすぎたから
僕は思わず自転車を止めた
自分自身に疲れて
途方に暮れていた僕は
お前の眼差しの中に
安らぎを求めようとした

メリー　お前があまりに黙っているから
僕は思わずお前に

グチをこぼしてしまった
それでもお前は　相変わらず黙っているだけで…
無言で何かを訴えかけている様だった

メリー　「お前はさびしいかい?」と聞いたら
お前は「ニャー」と答えるから
僕は思わず涙がこぼれそうになった
その時のお前の眼は
誰かに似ている様だったので
少し怖かった

メリー　お前、は僕のキモチが分かるのかい?
でもお前はやっぱりうなずかなかった
だから僕は自転車をこぎ出した

メリー　あれからお前はどこへ行ってしまった
うれしい事悲しい事いっぱいあったのに
話したい事いっぱいあるのに…
メリー　もう一度逢いたい——

ひとりぼっち

生きている内に
信じられない事は必ずやってくる

生きていることが
当たり前のように感じていた僕は
自分の目の前に起きた「死」に
ひざをかかえ　涙に変えられぬ想いを
必死にかかえていたもんだ
それは　僕には重たすぎたけど…
〝現実〟が容赦なく裏切るから
何度も〝夢〟だと思うようにした
だけど　それも裏切られた
一人歩く夜道の風は冷たかった

そして　現実の風も冷たかった
現実ではないような現実から
日常というていつもの流れに戻っていく
そしていつしかこのことも
この当たり前の流れに流されてしまって
忘れてしまうのか…
あの頃　周りの人みんなが幸せ者に見えて
街の笑顔達が憎たらしくてしょうがなかった…

ひとりぼっちは怖いですか?
ひとりぼっちと思い込むことは
とてもさみしいことです
人間を救うのは何ですか?
少なくとも僕は
人間に救われた

十代のぼやきV

「アリガトウ」
何度も
言えなかったコトバ…

「もうダメだ」と
あきらめた心の奥で
何かが崩れる音がした…

今はただ
何もないところで
何も考えずに
寝そべっていたい

「バカヤロー」
何度自分に
叫んだことか…

時々人間が人間のことを
醜いと言うのは
自分自身が
醜いということを
知っているからだろう

相変わらずの毎日と
先の見えない明日に
時々不安になるのさ
でもそれは
僕に限ったことじゃない

がんばろうとすれば
するほど
自分の無力さが
身にしみる

この世に
生まれてくる限り
死なな生きゃならない
死ぬまでに
生きなきゃならない

さみしくなるのは
どーしてですか？
同じ空の下に
いるというのに…

ずっと上向いてると
首がつかれてしまうんだな
たまには下向いて
うんと落ちこんでみよう

いっくらカッコつけたって
自分のカッコ悪さには
勝てねえんだな

自分を信じることより
信じられる自分に
なること

君と僕とのキョリが
そのまま心のすき間に
なるけれど
もう大丈夫
強くなろうと決めたんだ!

みんなに伝えたい
「アリガトウ」
数えきれないキモチ
このコトバにたくす

ぼくは幸せです
でも心から
笑えないのは
どーしてですか?

ぼくもあんたも
この宇宙の一粒
えらくてもバカでも
同じ一粒

声を出さずに
もがいている
認めてもらいたくて…

自分が選んだ道は
全て自分の道になる
まちがいなんてない

どんなスーツ着たって
いくら酒飲んだって
大人になんてなれない

ふり返らない…
まぶしすぎる思い出は
ただむなしくなるだけだから

ありふれたコトバだけど
「がんばれ」って
ただそれだけを言って
見送りたい

他人ばかりを
うらやんでいたら
いつのまにか
自分を見失った

全部をやりとげようと
する前に
今自分ができる
ことからやればいい

人の数だけ
幸せの形がある

憎しみよりも
最後は「アリガトウ」と
言えるような
そんな出逢いをしたい

見たものを信じるより
感じたものを信じたい

変わっていくもの
変わったらいけないものがある

自分の目を覚ますのは
他人じゃない

何かをすれば
何かが始まる

次があるから不安で
次があるから
希望が持てる

一番知りたくて
一番知りたくない
あの人のキモチ

もてなくていい
100人のlikeより
1人のloveが欲しいから

不満ばかりを口にして
ホントは何もしてないんだろ?

〝弱さ〟を
見せられる
〝強さ〟をください

楽しいな君をスキでいることが
苦しいな君をスキでいることが

何をしたい?
何ができる?
そして
お前は誰だ?って
もう一度
自分に問いかけろ

告白

今日伝えます　あの人に伝えます
「好きです」
どんなかざったコトバより
「好きです」
あれこれ考えても結局たどりつくのは
「好きです」
ただそれだけなんです
ぼくのキモチ伝えるのは
ぼくしかいないから
今日伝えます　あの人に伝えます
「好きです」

恋 I

左ななめの君の席
黒板写すたび視線に入って
ノートの中は
いつのまにか落書きばかり
先生の質問にいつもの
「分かりません」
君のキモチもホントに
「分かりません」

恋　II

好きな人の前では
急に自信がなくなる
正面から見つめられると
何もいえない
僕はもう一人の
弱い僕を見つける
だからいつも
遠くから見てる

スキキライ

その人のことが嫌いなのは
その人の嫌な面を認めないから
自分勝手な思い込みをしてしまうから
その人のことが好きなのは
その人のいい面も嫌な面も
全部ひっくるめて
そのままを認めているから
自分勝手に好きになってしまうから

夢の中に君

思い出の中に君

視界の中に君

情けない位に君

——やっぱり好き——

恋 Ⅲ

はずかしいから
不器用だから
どーしていいか分からない
でも
あなたのことが
スキってことはちゃんと分かってる

スキ

たった2文字のコトバが
言えなくて
今日も一日が過ぎていく
伝えたい…
大切なキモチ…思い出した

未練？

遠くに聞こえる
君の声に振り向いてしまうのは
まだ君を忘れられないから？
いつもどこかで
君を探してしまうのは
胸の片隅から
君が消えることを
恐がっているから？
どうしようもない想いは
今日もため息に変わる…

言おうとしていた言葉は
いつもどうでもいい言葉になって
僕の知らない内に　どこかで独り歩きしている
胸の中のあふれかえる想いだけが
僕の心にしっかりと
そして切なく生きずくだけ…

どこから好きになろうと
どこを好きになろうと
「好き」っていうキモチのすばらしさは
変わらない
好きだから好き
そんな単純な理屈の中に
いろんな想いがつまってる

あの人が好きだったアイスを
思い出して買ったら
やっぱりその味は最高だった
でもこんなことしてる自分って
なんかさみしいんだな…

完璧じゃないところがスキ
完璧じゃないところに安心する
だから　君は君のままでいい
そのままでいい

自分の心を素直に表現できたら
どんな気分だろう
どんな形にも　どんな言葉にも
あてはまらないボクのキモチ
今日川に捨ててきた…

はずかしいラクガキ修正液で
消してみた
でもボクの心の壁のラクガキ
やっぱり消えない

十分分かってるのに
自分のキモチを無視して
キモチとは裏腹の行動をとって
いつも後悔する
そのたびに自分をキライになる
ホントにいつになったら
素直になれるの？
いつになったら…

祈り

寄せては返す心の波音が
あなたに聞こえますか？

時には優しく　時には激しく
波うつこの想いは
真夏の太陽に焦がされてしまいそうです
気づけばいつも
あなたのことを考えていました
でもどうしても
素直になりきれない僕がいます
届くはずもないこの想いは
心の奥に閉じこめておかなければなりません
急にあふれ出してきて

苦しくなる日もあるけれど
ぐっとこらえるしかありません
自分勝手な僕をどうか許して下さい

寄せては返す心の波音が
あなたに届きますように
今はただそっと祈るだけです

恋　Ⅳ

ある日
道ばたに咲いていた赤い花を
見つけた僕は
なんだかフシギな気持ちになって
それが何なのか気づくのに
長くはかかりませんでした

そんなに優しいから

嫌いになる理由も

見つけられなくて

あきらめきれない

「えらい」「すごい」とかじゃなくて

ただ一つだけ

あのコトバが聞きたかった

あの時言い忘れた様な

宙に舞った想いや言葉

ふり返ればふり返るほど

胸の傷にしみてくる

もう戻れないのに…

心のポケット

思い通りにならないことにはがゆさを持って
慣れない恋に切なさを抱いて
見えない何かにイラ立ちを感じて
ふとしたことに怒りや悲しみ喜びを感じる
心のポケットはいつも満ぱいだ
感情があふれ出す限り
僕は多分これから
何度も転ぶだろう
何度も起き上がるだろう
転ぶことの方が多いかもしれない
ぶつかることの方が多いかもしれない
それでもいい
ぶつかっていけるものがあるんだから

今日の悲しいことは
神様のせいでもなくて
運が悪いからでもなくて
自分に起こっただけの「現実」なんだ
どんなことがあっても
他のせいにしてはいけない

ドラマみたいに何でも
ハッピーエンドで終わるわけがない
ホントは現実につぶされる事の方が多い
そんなこと十分　分かっていながら
人はドラマの中に
夢を見つけたがる

通過点

その時何が起こったとしても
それは自分の人生の
たったひとかけらに過ぎない
いつだって太陽は
何事もなかった様に
地球を照らす

思い込み

自分だけが不幸だと思えば
他人が幸せに見えて
つい「あんたに悩みなんかないだろ」と
聞いてしまう
自分がちいさいと思えば
他人がでっかく見えて
つい自信をなくしてはコンプレックスだらけになる
そう　思い込みだけが傷を深くする

戦争のない世の中にして下さい
全ての人に
とっておきの幸せをください
平等に分けて下さい
あなたに分かりますか？
神様なんて
ホントはいないこと…

新しい一日

今日も新しい一日を生きていく

僕達はいつも新しい時間を生きる
なのに古い時間を引きずるあまり
「新しい」ということを感じない
古い時間の続きのようになってしまう

僕達はいつも新しい時間を生きる
なのに太陽はいつも何くわぬカオで
昇っては沈んでいく

24時間という枠の中で　必ず何かが
終わっては始まり変わり続けていく

なのに誰もが「きっかけ」を待って
眠りにつく

僕達はこれから来る新しい時間を
恐がったりする
いつ時間が止まるか分かりもしないのに

僕達は自分の時間が止まる事を
ずっと後のことだと予想する
つまり「死」をずっと遠くに感じる
いつ時間が止まるか分かりもしないのに

僕達は生意気な若者だ
大人達が作った着せ替え人形だ
僕もやがてその共犯者になる

そして新しい時間を
えらそうに生きるはめになる

時間の枠の中で世の中全てのものが
同時進行している
なのに取り残された気分に
なってしまうのはナゼ?
そんな時ふと頭によぎるもの
——砂場で作った山にトンネルを掘ったこと
壊れても壊れても手が真っ黒になるまで
出口を掘り続けた幼い僕の横顔——

探し続ける
新しい日の希望——

「過去」は「明日」のための「今」を描いてくれた
「今」は「未来」のための「明日」を描いてくれる
「明日」は「夢」のための「勇気」を描いてくれる

信じるだけじゃダメなんだ
その思い知らされた16の春
僕は少し大人になった…

何かを得るために何かを犠牲にする
欲張って
全てを得ようとしたら
全てを失ってしまう

ひとりぼっちの部屋が静かすぎて
なぜだかグチばかりこぼしてた自分が
情けなくなった

疑問

学校中の窓ガラスを壊してしまいたくなる様な
やり場のない気持ちが…
何かが違う！
何かが間違ってる！
気づいてしまった　疑問　疑問　疑問
なぜ答えてくれない

金は一番必要
でも大事なことは
もっと別のところにある
そんなキレイ事を
いちいち信じていたい

時間だけは僕を置いてかない
追い越していくものは急ぎ足で
進んでく人の流れ
歩いていく先が漠然としすぎて
後ろばかり振り返る
一人になっても朝日が登るのが見えた
時間だけは僕を置いてかない

何にでも意味を見い出そうとするのは
人間だけだ
意味を見つけ出そうとするから行き詰まる
自分がここにいる意味なんて
分からなくても　どうってことないよ
みんな分からないんだから

価値

世の中に正しいこと間違っていることの
ホントの基準はないはずなのに
人が持っている価値観は
それぞれ違うはずなのに
世の中では価値が決めつけられているモノばかりだ
人間に生まれた限り　それに従わなければならない
「あなたはいくら？」と聞かれない事を願って…

ハリネズミ

ハリネズミはなんで
あんなハリがあるか知ってる？
自分の弱い所を隠すために
ハリで威嚇して
誰も近づこうとしないんだ
ハリを取ってしまえば
ただのネズミになってしまう
でもハリネズミは
自分のプライドを守るために
ハリで威嚇し続ける
ホントの姿を見せられない
ホントは弱くてさびしい生き物なんだ
どこの誰かとそっくりだね

ラクダ

楽しいことがないわけじゃない
だけど　偏差値と常識に心奪われて
自分が分からなくなる
夢が砂漠の向こうにあって見えないから
ため息ついた…
自分が自分であるそのために
遠回りでもいいから
ラクダみたいに　砂漠の中
歩いていきたい

メールを打つたび表のつながりを信じて
「自分は一人じゃない」と言い聞かせる
今日も明日も
孤独が怖いから人がつくった機械で
文字と声にすがりつきます

コイン

人はコインかもしれない
裏と表があるけどその面は
どっちが表でどっちが裏か分からない
値段なんてないのに
みんな五百円玉になろうとする

卒　業

別れの季節がやってきて
確かにあるはずの後悔を
思い出の鮮やかさでごまかす
「今」を抱きしめると同時に
「サヨナラ」を抱きしめた
それはただの通過点
でも　君の顔見たあの時
うまく笑えなかった…

マイフレンド

どうでもいい話が心の支えになる
沈黙しても気まずくない
変なカオして笑える
そのままの自分がここにいる
知らぬ間に必要としていたマイフレンド

見つけたら離さないで
人波にぼやける俺だから
ありのままを認めてくれないか
このままじゃさびしすぎるから

人間は…

お手と言われたらそれに従うのか？
エサが与えらたらそれを食べるだけか？
いつまでも吠え続けるのか？
放し飼いにされたら何でもやっていいのか？
よそのもんをあさくって生きてくのか？
汚れてしまって誰が誰だか分かんなくなるのか？
人間は
僕は
あなたは
くさりにつながれた犬でもなければ
野放しにされたネコでもない

流れ星

二度と見られない
輝きながら一瞬で消えていく
流れ星のような
二度と戻れない
心の窓から見えた十七歳の風景

確かに　僕はそこにいた

手さぐりの日々の中
新しい風景
そこには
いつまでも
季節はずれの春風
探してた
春の風
その中で
走り出す
僕達がいる

1ページでは表せない
コトバ達を抱きしめて

あとがき

学校のチャイムを聞かなくなって半年、もうすぐ二十歳になる。ほんの少し前まで、サッカー部で数学が苦手な高校生だった。結構バカなヤツだった。

いくら楽しくても心のモヤモヤが取れなくて、何だか生ぬるい風に流されてしまいそうな、足がぬかるみにはまってなかなか前に進めない季節。それでいて、ささいな事にいちいち敏感に反応してしまう。未来への漠然とした不安の中、大人と子供の板挟みになって何が何だかさっぱり分からない。一番楽しくて一番苦しかった高校時代の真っ只中。

それが十七歳だった。

毎日が急ぎ足で過ぎていって、胸の奥にある疑問を考える余裕すらなかった自分に、詩はハダカになって出てきてくれました。それは、それまで探していた等身大の僕そのもの。誰のマネでもない自分自身。あの頃いろんな事がありすぎて、誰かにそれを聞いてほしかった。辛くて悲しい事は、同情されるためにあるもんじゃない。だからここには書かない。僕がここでいくら、過去を嘆いても、大人に反発しても世の中はビクともしない。でも僕は吐き出した。心をハダカにして吐き出して吐き出して、からっぽになるくらい…。

授業中、遠くてつかめそうな青空を見ながら、「教科書なんて必要ない」そう思ってたはずなのに、それはやっぱり必要だった。みんなと同じ大学受験に向け、必死で勉強する矛盾した自分がいた。この理不尽な社会の仕組みがなくなれば、詰め込んだ知識なんて、タンポポのわた毛がコンクリートにぶつかるみたいに何のチカラもないのに…。僕は学校が大好きだし、尊敬する大人もたくさんいる。でも分かってくれない大人もたくさんいる。分かったフリする大人が大キライ。見落としている大切なものが、大人達に壊されてしまいそうな気がして恐かった。そして、自分がそんな大人にならないとも限らない。だから、今感じてる事を忘れちゃいけないと思った。

精一杯の本気。バラエティーに富む十代の心の葛藤を、自分の経験を踏まえながらありのままコトバにした。それは、社会に対する不満ばかりじゃない。誰もが抱く悩みや不安、寂しさとか、恋心とか…。そんなかかえきれないキモチを、詩というより心の叫びとなって表現することで、心の中がスーッと軽くなるのが分かった。

人は心をコトバにしようとするけど、それは簡単なようで難しくて、誤解されたり傷つけたり、時にはナイフで切られたように傷つけられる事もある。人のキモチは見えないものだから、コトバにしたり文字にしたりするとウソっぽい。でも僕は、コトバは勇気とか幸せを与えることを知っている。みんな知っている。今まで僕は、数えきれないほどコトバに勇気をもらい、幸せを与えられた。いつもいろんな出来事を通り抜けながら、過ぎゆく毎日を当たり前のように眺めているけど、きっと気づいてないことがたくさんある。全ては疑問を持つことから始まる。自分の心の底にわざわざ問いかけてみる。当たり前と思われてる事の裏に、何か大事なものが埋もれているはずだから、それを見つけてみたい。

今、僕達はもがいているんだと思う。その心の叫びを届かせるには、あまりにも莫大なパワーがいる。子供は、大人が思っている以上にいろんな事を感じています。ちょうど世間で十七歳が騒がれていた頃、まさにその時僕は十七歳だった。詩はほとんどその頃書いたもので、授業中ノートのはしっこに落書きしていた。十七って特別な年齢だとは思わないけど、何かあればすぐ悪者扱いされてしまって…。騒いでいるのは大人だけで、僕の周りには素晴らしい十七歳がたくさんいた。その僕達が、もうすぐ大人になろうとしている。

十年後も二十年後も「若い」そう言えるだろうか。ハダカの心をコトバにできているだろうか…。僕が僕であるということ。それは周りの支えがあって初めて成り立つ。そして「僕」はたった一人しかいないということ。偏差値36でバカにされた僕でも、自分の本を出すことが出来た。文学的作品というものは作家が書けばいいのであって、僕はあくまでどんな詩人にも書けない、十代にしか書けない十代の心のポエムを目指しました。だからやっぱりこれは、僕が二十歳になる前に一冊の本にして、多くの方の目に触れてほしいと心から思う。危機的状況と言われる社会でも、その中でだって、それぞれ自分なりに生きていこうとするティーンネイジャーがいるってことを忘れないでほしい。そして、それをみんなに伝えたい。
最後に、僕の心の窓を開けてくれたたくさんの人達、この本を出すことを許してくれた父さん母さん、文芸社の方々、見守る天国の姉ちゃんにカンシャ。ありがとう。

二〇〇一年九月　坂上　紘陽

著者プロフィール

坂上　紘陽（さかうえ　こうよう）

・1982年7月14日生（3日で死ぬと言われる）
・福岡県立柏陵高等学校卒（かろうじて）
・現在、大学で心理学を学んでいる（つもり）
・バンド「ピストル少年」のドラマーとして活躍中（初心者）
・好きな言葉：BIG！
・将来の志：BIG！

十七歳　ハダカの心——今しか書けないコトバがある——

2001年12月15日　初版第1刷発行

著　者　坂上 紘陽
発行者　瓜谷 綱延
発行所　株式会社 文芸社
〒112-0004　東京都文京区後楽2-23-12
電話　03-3814-1177（代表）
03-3814-2455（営業）
振替　00190-8-728265

印刷所　図書印刷株式会社

ISBN4-8355-2611-2 C0092